Y

ALLOCUTION

DE

NAPOLÉON BONAPARTE,

A SON CORTÈGE FUNÈBRE.

Imprimé chez Paul Renouard, rue Garancière, 5.

ALLOCUTION

DE

NAPOLÉON BONAPARTE,

A SON CORTÈGE FUNÈBRE,

SOUS LE DOME DES INVALIDES,

LE 15 DÉCEMBRE 1840,

|PAR

L'AUTEUR DES CHANTS SACRÉS.

Prix 75 c. au profit des Pauvres.

A PARIS,

CHEZ GAUME FRÈRES, LIBRAIRES,

RUE DU POT-DE-FER S.-SULPICE, N. 5.

1840.

ALLOCUTION

DE

NAPOLÉON BONAPARTE,

A SON CORTÈGE FUNÈBRE.

———

De son rocher de Sainte-Hélène

Mon cadavre n'est pas conduit

Jusques aux rives de la Seine,

Pour se repaître d'un vain bruit.

Mais, à la fin de l'AN QUARANTE,

Depuis long-temps prophétisé

Comme une époque d'épouvante,

Que le mensonge soit brisé!

Il circule partout ce fléau de la terre:

Que, pour le démasquer aux yeux des nations,

Mon cercueil voyageur dise un mot du mystère
Où viennent aboutir tant de prédictions.

Je ne veux plus demander compte

De la gloire de mes drapeaux

A qui fait rouler dans la honte

La majesté de leurs lambeaux.

Cette gloire, c'est la fumée

Qui se dissipe dans la mort

Où le chef de la grande armée,

Poussière, se couche et s'endort.

Je viens, traîné par vous en dépit de vous-même,

Enfans de l'anarchie et de l'*Egalité,*

Sur la terre où mon front rêva le diadême,

Ensevelir l'orgueil de ma célébrité.

En m'accusant, je vous accuse!

Et je n'aperçois maintenant,

Dans la douleur qui vous amuse,

Qu'un mélodrame impertinent.

Ni vos lugubres facéties,

Ni ce jargon monumental,

Ni ces splendeurs toutes noircies,

Ni ce triomphe sépulcral,

Non! rien de ces décors, rien de ces auréoles,

Ne sauroit imposer à l'homme du cercueil;

Et vous ne croyez pas à vos propres paroles,

Vous qui vous êtes faits les meneurs de mon deuil.

Vous mentez devant mon cortège.

Vous mentez même devant Dieu!

Une ovation sacrilège

Entre jusque dans le saint-lieu!..

Vous mentez, peureuse Puissance,

Et la preuve en est au besoin

Autographiée à l'avance,

Comme un religieux témoin.

Aujourd'hui, dans les chants de la palinodie,
Vous vantez le héros que vous avez flétri;
Ou plutôt, d'un convoi jouant la comédie,
Sous le masque des pleurs souvent vous avez ri.

J'aime mieux une franche haine
Contre mon usurpation,
Que l'offrande hypocrite et vaine
De ma légitimation.
Le sceptre envahi par le crime
Pour le vrai roi n'est point perdu.
Non! je n'étois pas légitime...!
Il devoit être, il fut rendu.
Dans la bouche des morts ces vérités sont dures,
Mais permises: les lois injustes en ce point,
Piéges d'iniquités, boucliers d'impostures,
Chefs-d'œuvre d'impudeurs, ne m'en imposent point.

Des hauteurs de mon sarcophage,

Je vois la terre et les enfers:

Ah! si je brisois le nuage

Qui vous cache un autre univers,

Tout entière cette assemblée,

Voyant les supplices des morts,

Tomberoit, tremblante et troublée,

Sous la terreur de ses remords.

Ne sachez rien pourtant sur le sort de mon âme!

Mais la voix des tombeaux doit répandre l'effroi:

Recueillez aujourd'hui tout ce qu'elle proclame

Avant l'heure où la mort devient l'œil de la foi.

Ici, ne perdons point de vue

De mon texte le but final:

Oui! sur l'an QUARANTE est venue

La fureur du souffle infernal;

Mensonge de l'apothéose,

Mensonge de la liberté,

Mensonge en vers, mensonge en prose,

Mensonge partout colporté.

Mensonge dans la paix, dans la guerre mensonge!

(Nous pourrons tout-à-l'heure y jeter un coup-d'œil.)

Mais, avant qu'au dehors ma harangue s'allonge,

Voyons ceux qui du temple osent franchir le seuil.

Cynisme des apostasies,

Te voici dans tes majestés,

Et les fières hypocrisies

Viennent s'asseoir à tes côtés.

A toi la haute présidence

Sur les grandeurs de ce concours.

Tu sais parler de Providence:

Oh! oui! Providence toujours!

Quand tu veux remuer, c'est elle qui te mène

A la place où ton front est marqué, sans rougeur;

Et quand tu crois trôner, c'est elle qui t'enchaîne

Sur le malheureux banc où tombe un feu vengeur.

Personnages parlementaires,

Du vent qui souffle heureux jouets,

Etes-vous plus purs, plus austères

Que mes législateurs muets?

Que pensez-vous de vos parades,

De vos miraculeux discours,

De vos longues fanfaronades

Et de vos brusques demi-tours?...

Que pensez-vous encor de ces bavards sublimes,

Qui, d'un glaive discret armant leur oraison,

Laissent le flot impur couler sur leurs maximes,

Et caressent la coupe en montrant le poison?...

Écoutons une autre harmonie....

Oh ! quels soupirs mélodieux

Si les scandales du génie

Pouvoient jamais monter aux cieux.

Elle a donc menti la cantate,

Et l'auteur a mieux dit mon fait,

Quand sa plume, brûlant stigmate,

Me *couronna de mon forfait.*

Retourne donc, Poète, aux fossés de Vincennes,

Et quand tu reviendras, si tu peux revenir,

Si quelque feu sacré coule pur dans tes veines,

Poète! chante alors, chante, et fais-toi bénir!

Qu'osez-vous dire de mes gloires?

En voulez-vous de vrais tableaux?

Le deuil couloit de mes victoires,

Comme le fleuve aux grandes eaux.

J'en ai rassasié la terre,

Et vos bras auroient pu lancer

Un navire, arsenal de guerre,

Sur le sang que j'ai fait verser.

Moi seul j'étois le but de toutes mes conquêtes;

Moi seul, triomphateur au sein de mes guerriers,

Moi seul à qui les rois, humiliant leurs têtes,

Venoient, couronne en main, baiser les étriers.

J'étois la France, et la patrie,

Et le trône, et presque l'autel.

Dans ma fatale rêverie

Je ne me croyois plus mortel.

Oubliez-vous les représailles

Dont le ciel m'a jeté l'affront ;

Et trois cent mille funérailles

Roulant leur crêpe au même front?

Qui pourroit raconter cette implacable glace,

Et tous les flots de sang perdus pour me venger,

Qui, creusant sur l'Europe une fumante trace,

Ont deux fois dans vos murs introduit l'étranger?

Il vous sied bien, menteurs insignes,

D'accuser ici le grand cœur

Des rois dont vous n'étiez pas dignes,

Qui seuls ont bridé le vainqueur,

Et, qui, sur la France blessée

Etendant leur sceptre si doux,

Sur ses pieds l'avoient redressée
Autrement forte qu'avec vous.
Sa fierté se soulève à l'aspect du calice
Dont votre ignominie accepte l'impudeur,
Et d'un triste regard fixant le précipice
Elle en a mesuré toute la profondeur.

Connoissez-vous la foi punique ?
Sur elle, dans toutes les mers,
Votre niaise politique
A-t-elle enfin les yeux ouverts?
Elle consent (la généreuse!)
A rendre mes os sans débat
A la faconde aventureuse
De vos petits hommes d'état...
Moi, je t'ai bien comprise, ô nouvelle Carthage!
Quand de nos continens je te fermois l'abord ;
Et tu m'as répondu sur ce rocher sauvage
Où mille fois ta main m'administroit la mort.

La mort ! souvent je l'ai bénie,

Long-temps avant mon dernier jour ;

Car, durant ma lente agonie,

J'étois sous l'ongle du vautour ;

Et mon cœur, déplorable proie,

A peine seroit figuré

Par l'immortalité du foie

Eternellement dévoré !

Mais sans faire d'emprunt à des fables grossières,

Du haut de la montagne où Dieu sut me punir,

Nabuchodonosor du siècle des lumières,

J'inflige aux mécréans l'éclat d'un souvenir !

En revenant dans vos parages,

J'ai vu le léopard blotti

Sur le bord de toutes les plages ;

L'AN QUARANTE en est investi.

Au trafic du sang et des larmes

L'anglais joint aussi le poison,

Et toujours colporte des armes

Sur les pas de la trahison.

Et vous êtes encore épris de sa droiture !

Et, comme une caresse, agréant un soufflet,

Votre diplomatie à la triste figure,

Le reçoit, et répond : « encore un, s'il vous plaît ! »

Et vous qui secourez les autres,

Dans un philanthropique élan,

Où courez-vous, puissans apôtres

Du droit divin pour le turban ?...

Mensonge encor ! la même année

Qui s'éteint sous des flots cruels,

Etoit de nouveau condamnée

A des scandales solennels !

La légitimité n'est point votre caprice

Pour les trônes tombés ou croulans parmi vous ;

Mais de tous leurs débris lorgnant le bénéfice,

Vous mesurez déjà vos parts d'un œil jaloux.

Vous mentez tous pour cette Espagne
Où j'ai perdu tant de lauriers :
Ses traîtres ne sont point au bagne,
Ses rois, en France, ont des geôliers !
Ah ! si mon exemple funeste
N'est point pour vous une leçon,
Avant peu vous saurez le reste
Dans l'angoisse et dans le frisson !...
Et vous mentez toujours, de loin, pour la Pologne
Où j'ai menti, de près, gouvernailleurs français.
Quoi ! dix ans de menace ! ô pudeur ! ô vergogne !
Est-ce donc par des mots qu'on plaide un tel procès ?

Vous mentez dans cette Algérie
Où la juste fierté d'un roi
Fut glorieuse à la Patrie
Plus que cent triomphes à moi.
Mais cette fois votre mensonge
A trompé vos désirs couards,

Et la conquête se prolonge,

Bon gré malgré, de toutes parts.

Honneur au sang de France! honneur à son courage!

Car pour lui, j'en réponds, jamais il n'est menteur;

Et quand j'ose en parler, je dis : honte et dommage

De l'avoir prodigué pour un usurpateur!

Je termine, et reprends mon texte,

Pour ma pleine confession :

Quel que soit le soigneux prétexte

Dont se couvre l'ambition,

La puissance injuste et coupable

Doit compte de tous les fléaux

Qu'elle entraîne, escorte indomptable

Et de crimes et de bourreaux.

Tôt ou tard devant Dieu, ce compte, il faut le rendre :

Une longue prison, dans un brûlant désert,

Ne suffit point! il faut . .. que vais-je leur apprendre?

Sortons! sortons d'ici! l'abîme est entr'ouvert!

Adieu donc! vous avez l'histoire

De ma vie et de mon tombeau...

Un rocher garde ma mémoire

Mieux que le fond de ce caveau.

Mon ombre, repassant les ondes

Retourne aux lieux qu'elle a quittés,

Pour redire entre les deux mondes

La vanité des vanités!

Je vous laisse en partant ce reste de poussière:

Voilà le dernier mot des gloires d'un géant;

Mais il peut, rappelant vos cœurs à la prière,

Dire l'éternité comme il dit le néant.

Paris, 14 décembre 1840.

ALEXANDRE GUILLEMIN.